Veinte mil leguas de viaje submarino

de Julio Verne

JULIO VERNE

NOVELISTA FRANCÉS

- **Nacido en 1828 en Nantes (Francia)**
- **Fallecido en 1905 en Amiens (Francia)**
- **Algunas de sus obras:**
    - *Viaje al centro de la Tierra* (1864), novela
    - *Veinte mil leguas de viaje submarino* (1869-1870), novela
    - *La vuelta al mundo en 80 días* (1873), novela

Julio Verne, nacido en Nantes en 1828, comienza a estudiar Derecho y, a partir de 1852, publica una obra de teatro y algunas novelas. Entabla amistad con el aventurero Jacques Arago (autor y explorador francés) y conoce a exploradores y científicos. Su primera novela, *Cinco semanas en globo* (1863) cosecha un éxito inconmensurable. Es el comienzo de *Viajes extraordinarios*, que se compondrá de dieciocho relatos y sesenta y cinco novelas, entre las que se encuentran: *Viaje al centro de la Tierra* (1864), *Veinte mil leguas de viaje submarino* (1869), *La vuelta al mundo en 80 días* (1873), *La isla misteriosa* (1874), *Miguel Strogoff* (1876), etc. Estas obras (tras las que hay un gran proceso de documentación y que mezclan aventuras, ciencia ficción e imaginación) reflejan el interés del autor por los avances tecnológicos de su época y su gusto por los viajes.

En 1886, la muerte de su editor y amigo Jules Hetzel y el declive de su interés por la ciencia hacen que su carrera dé un giro. Muere en Amiens en 1905. Hoy en día, es uno de los autores de lengua francesa más traducidos del mundo.

VEINTE MIL LEGUAS DE VIAJE SUBMARINO

UNA DE LAS NOVELAS MÁS CÉLEBRES DE JULIO VERNE

- **Género:** novela de aventuras
- **Edición de referencia:** Verne, Julio. 2014. *Veinte mil leguas de viaje submarino*. Traducido por Vicente Guimerá. Alcoy: Ediciones Mr. Clip
- **Primera edición:** 1870
- **Temáticas:** viaje, océano, descubrimiento, tecnología, libertad, suspense

Veinte mil leguas de viaje submarino es una de las novelas más conocidas de Julio Verne. Primero salió a la luz en folletín en diferentes revistas desde 1869 y 1870. La guerra retrasará su publicación como libro ilustrado. Este relato cuenta las tribulaciones del narrador, Pierre Aronnax, un científico francés, hecho prisionero con su sirviente y un arponero, a bordo del submarino Nautilus, gobernado por el extraño capitán Nemo. Los tres hombres se enfrentan a un mundo fascinante y, entre otras aventuras, asisten a un entierro submarino, combaten contra un pulpo gigante y descubren una ciudad sumergida.

RESUMEN

CAPÍTULO 1

En 1866, la opinión se apasiona por un enorme monstruo marino «largo, fusiforme, fosforescente en ocasiones, infinitamente más grande y más rápido que una ballena» (Verne 2014, primera parte, cap. 1), con el que varios navíos se han encontrado en diferentes mares. En 1867, se le responsabiliza de todas las averías que sufren los barcos, así que urge deshacerse de él. Al año siguiente el secretario de la Marina inglesa invita al narrador, Pierre Aronnax, profesor en el Museo de Historia Natural de París, a unirse a la expedición encargada de perseguir al animal.

CAPÍTULO 2

Aronnax está entonces convencido de que «[su] verdadera vocación [...]e[s] cazar a ese monstruo inquietante y liberar de él al mundo» (Verne 2014, primera parte, cap. 3). Por lo tanto, se marcha a Nueva York, punto de partida de la expedición, en compañía de su sirviente Conseil, un flemático flamenco apasionado por la clasificación de las especies naturales. El comandante ha equipado su barco con aparatos sofisticados para capturar al monstruo, identificado como un narval (cetáceo parecido a un unicornio de los mares). A bordo también se encuentra Ned Land, «el rey de los arponeros» (Verne 2014, primera parte, cap. 4).

CAPÍTULO 3

El 6 de julio, el barco dobla el cabo de Hornos. Durante tres meses, la tripulación, primero muy emocionada y poco a poco desanimada, recorre en vano el Pacífico, escenario de los últimos retozos del monstruo. El 4 de noviembre, cuando está listo para volver, el barco es atacado por una gigantesca masa fosforescente. «[Ha] sonado la hora del combate» (Verne 2014, primera parte, cap. 6), comenta el narrador. Se dispara una bola de cañón sobre el animal sin alcanzarlo, y después Ned Land lanza su arpón, que choca contra el monstruo. Entonces, dos enormes trombas de agua azotan la cubierta y el narrador cae al mar.

CAPÍTULO 4

A punto de ahogarse, es socorrido por Conseil, que, totalmente al servicio de su señor, ha saltado tras él. Pero el barco está lejos y se agotan enseguida. Entonces, Ned Land llega en su ayuda: también ha sido lanzado al mar y ha podido poner el pie sobre el narval. El animal, según él, está hecho de metal, lo que explica que el arpón no se clavara en él. El «pez de acero» (Verne 2014, primera parte, cap. 7) se abre de repente y ocho hombres arrastran a los tres compañeros al interior.

CAPÍTULO 5

Intentan explicarse ante un hombre de aspecto calmado que les ofrece ropa, bebida y comida, pero que permanece en silencio. Sobre la refinada vajilla figura el lema «*Mobilis in mobile»*, lo que significa «móvil en el elemento móvil». Cuando los dejan solos, los tres compañeros, agotados, se quedan dormidos.

CAPÍTULO 6

Cuando se despiertan, su anfitrión se encuentra con ellos y les reprocha que hayan perturbado su soledad. Se presenta: se llama Nemo y es el capitán del Nautilus, un submarino. Rompió con la sociedad y elogia el mar, único espacio de libertad. Les anuncia que desde ese momento son sus prisioneros.

CAPÍTULO 7

Lleva a Aronnax a visitar el Nautilus y este se maravilla del gran número de libros y obras de arte que encierra. Después, el profesor se instala en el confortable camarote que le han reservado, equipado con electricidad, como el resto del submarino. Nemo, ingeniero inmensamente rico, ha construido él mismo la magnífica embarcación.

CAPÍTULO 8

El 8 de noviembre, Nemo sube el submarino a la superficie para determinar su posición. Se encuentra no muy lejos de Japón. Después, el aparato se sumerge de nuevo y, durante varios días, los tres hombres son abandonados a sí mismos, sin ver a Nemo ni a la tripulación. Aronnax aprovecha para visitar la biblioteca, que reúne doce mil volúmenes puestos a su disposición por el capitán. El 16 de noviembre, recibe una invitación de Nemo para unirse a una partida de caza en un bosque submarino.

CAPÍTULO 9

Aronnax y sus compañeros, equipados con escafandras diseñadas por Nemo, descubren maravillados el fondo submarino y matan a una monstruosa araña de mar, de un metro de altura.

CAPÍTULO 10

Las semanas pasan. Los hombres no se cansan de las vistas que contemplan a través de los cristales del magnífico salón. El 1 de enero de 1868, se felicitan el nuevo año. Nemo sigue siendo igual de discreto, sin aparecer casi nunca. El submarino se adentra en el océano Índico. El 19 de enero, uno de los marinos muere, herido por una máquina, y Aronnax, Conseil y Ned asisten a su curioso funeral submarino en medio de los corales.

CAPÍTULO 11

El 23 de enero, Nemo invita a sus huéspedes a visitar una pesquería de perlas, a orillas de la isla de Ceilán. Descubren una perla del tamaño de un coco, en una ostra de dos metros. Nemo prefiere dejarla crecer más antes de recogerla. A continuación, se cruzan con un pescador de perlas indio que de repente es atacado por un tiburón. Entonces, Nemo, armado con su puñal, entabla un terrible combate con el escualo. Derribado por el animal, le debe la vida a Ned, que lanza su arpón. Después, Nemo vuelve a llevar al indio a la superficie y le da un saco de perlas. Aronnax se intriga por su gesto y el capitán le responde que «es un habitante del país de los oprimidos» (Verne 2014, segunda parte, cap. 4), con el que siempre será solidario.

CAPÍTULO 12

El 5 de febrero, el Nautilus se adentra en las aguas del mar Rojo mientras que los tres compañeros siguen ignorando el objetivo de su viaje. Franquean el istmo de Suez por un túnel submarino y llegan al Mediterráneo. Por la noche, un buzo hace señas a Nemo a través del cristal del salón. Entonces, el capitán guarda en un saco una enorme cantidad de lingotes de oro que extrae de un cofre y desaparece por un tiempo.

CAPÍTULO 13

El submarino no tarda en abandonar el Mediterráneo, cercado por tierras que Nemo detesta, y entra en el océano Atlántico. Ned, que solo piensa en huir desde el principio del viaje, está muy emocionado con la idea de bordear las costas españolas: esta proximidad quizá le dé la oportunidad de escapar. En cuanto a Nemo, envía a sus hombres a los restos de un barco español que había naufragado el siglo anterior y que está repleto de oro y plata. Le asegura a Aronnax que utiliza estos tesoros para aliviar a los desfavorecidos.

CAPÍTULO 14

El Nautilus le da la espalda a Europa, para gran decepción

de Ned. El 20 de febrero, Nemo invita al narrador a un paseo submarino nocturno. La iluminación no sirve de nada, ya que el fondo está alumbrado por los ojos fosforescentes de gigantescos crustáceos. Entonces, Aronnax descubre las ruinas de una antigua ciudad sumergida, al pie de un volcán que escupe torrentes de lava. Interroga con la mirada al capitán, que, sobre una roca, «traz[a] esta única palabra: ATLANTIDA» (Verne 2014, segunda parte, cap. 9).

CAPÍTULO 15

A continuación, el Nautilus hace escala un tiempo en el centro de un volcán extinguido invadido por el mar. El capitán le explica a Aronnax que se trata de su puerto de amarre, donde va regularmente a aprovisionarse de carbón para alimentar las máquinas. En efecto, el mar cubre este lugar de bosques inmensos sumergidos y después mineralizados. El submarino ha recorrido trece mil leguas desde la llegada de Aronnax, que piensa que va a dar la vuelta al mundo. Pero, en lugar de continuar hacia el oeste, el Nautilus se dirige hacia el Polo Sur y el francés no tarda en ver los primeros icebergs. Nemo quiere atravesarlo a fin de alcanzar «ese punto desconocido en que se cruzan todos los meridianos del globo» (Verne 2014, segunda parte, cap. 13).

CAPÍTULO 16

El 20 de marzo, tras haber atravesado la banquisa bajo el agua, el Nautilus llega al Polo Sur. Nemo es el primero en poner el pie sobre él. A continuación, el Nautilus retoma su camino, pero unos días más tarde, se encuentra rodeado por un inmenso iceberg. Los hombres solo pueden estar dos días sin subir a la superficie, antes de que se acaben las reservas de oxígeno, y tienen que perforar 6 500 metros cúbicos de hielo para sacar el submarino, lo que es casi imposible. El trabajo es agotador para los buzos y, rápidamente, el oxígeno comienza a faltar. Aronnax, que se asfixia, está seguro de que el fin se acerca. Pero, finalmente, el Nautilus alcanza una masa líquida.

CAPÍTULO 17

En abril, el Nautilus bordea las costas sudamericanas y, después, las antillanas, escondite de pulpos gigantes. La tripulación ve siete, monstruosos. Debe combatirlos, ya que sus tentáculos inmovilizan las hélices del Nautilus. Entonces, este vuelve a salir a la superficie y abre las escotillas, pero un gigantesco calamar se introduce en el interior y mata a un marino. Tras un arduo combate, los hombres terminan por exterminar a los doce pulpos que han invadido el submarino.

CAPÍTULO 18

En mayo, el Nautilus se encuentra próximo a costas irlandesas y permanece inmóvil cerca de los restos de un barco, El Vengeur, del que Nemo cuenta la historia con un tono de exaltación: setenta y cuatro años antes, prefirieron dejar que el navío naufragara antes que rendirse a los ingleses. Cuando el submarino sale a la superficie, es encañonado por un navío. El capitán, repentinamente mudo a causa de «un implacable sentimiento de odio» (Verne 2014, segunda parte, cap. 21), decide cortarlo en dos bajo el agua, lo que provoca el naufragio del barco. A continuación, Nemo se retira a su camareto y se arrodilla entre lágrimas ante el retrato de una mujer y dos niños pequeños.

CAPÍTULO 19

Aronnax profesa un sentimiento de horror hacia Nemo, capaz de cometer tal masacre de inocentes. Durante veinte días, el submarino se dirige a toda máquina hacia el Atlántico Norte, sin que ningún miembro de la tripulación se deje ver. Aronnax y sus compañeros deciden huir con el bote, ya que Ned ha avistado tierra firme. Pero Nemo está a punto de arrastrar, voluntariamente o no, al submarino hacia el Maelstrôm, temible torbellino entre dos islas noruegas, del que ningún navío sale indemne. Entonces, el bote sale lanzado contra una roca y Aronnax se desmaya.

CONCLUSIÓN

El profesor se despierta en una cabaña de pescadores, con Ned y Conseil a su alrededor, sanos y salvos. No tienen noticia alguna del Nautilus ni de su capitán. Aronnax le está agradecido por este increíble viaje, así que desea que haya sobrevivido y que el odio por fin se apacigüe en su interior.

ESTUDIO DE LOS PERSONAJES

NEMO

Nemo es el capitán del submarino Nautilus, construido por él mismo. Suponemos que una vez estuvo casado y fue padre de familia. El narrador lo presenta como «el hombre de las aguas, [...] el genio de los mares» (Verne 2014, segunda parte, cap. 22). Este individuo valiente, apegado a sus hombres, enigmático, dulce, calmado, amante refinado de los libros y las obras de arte, muestra durante toda la novela una cortesía y una discreción ejemplares. A veces se aísla varios días seguidos y, entonces, hace honor a su nombre («nemo» en latín significa «nadie»). Nadie conoce de dónde nacen su misantropía y su elección de vivir en el mar. Se presenta como un justiciero, siempre al lado de los oprimidos. Su arrebato de odio, que le hace hundir un navío que está atacando al Nautilus al final de la novela, aparece como una posible venganza.

PIERRE ARONNAX

Narrador de la novela, desde su punto de vista se cuenta la increíble odisea del Nautilus. Aronnax, profesor en el Museo de Historia Natural en París, es invitado a participar en una expedición encargada de capturar al misterioso animal que atormenta todos los mares de la Tierra. Hecho prisionero por Nemo, recorre en diez meses veinte mil leguas bajo los mares a bordo del Nautilus, participa en increíbles aventuras y aprende a apreciar la extraña personalidad del capitán Nemo.

CONSEIL

Este flamenco, «flemático por naturaleza, puntual por principio, cumplidor de su deber por costumbre» (Verne 2014, primera parte, cap. 3), es el sirviente de Aronnax. Es un apasionado de las clasificaciones de especies naturales y se entusiasma a lo largo de toda la novela de los prodigiosos descubrimientos que hace en el mundo submarino. Está muy unido a su señor, no duda en saltar detrás de él cuando Aronnax es proyectado fuera del navío de la expedición inicial.

NED LAND

Arponero experimentado, Ned Land forma parte de la expedición y también es arrojado del navío y hecho prisionero por Nemo. Es un canadiense «de una habilidad manual poco común» (Verne 2014, primera parte, cap. 4) que será útil en un gran número de circunstancias en el Nautilus. Tiene una gran fuerza física, es poco comunicativo y puede mostrarse violento. No deja de querer abandonar el submarino y le enfurece estar retenido como prisionero. Sin embargo, salvará la vida de Nemo gracias a su valentía.

CLAVES DE LECTURA

ESQUEMA NARRATIVO

Situación inicial: es el comienzo de la historia, el momento en el que colocamos el decorado y a los personajes; la situación está equilibrada, es decir, que no hay ningún motivo para que evolucione.

- Aronnax, el narrador, participa en una expedición encargada de capturar un monstruo marino.

Elemento perturbador: es un acontecimiento que trastoca la situación inicial y que desencadenará la historia propiamente dicha.

- Aronnax, proyectado fuera del navío con su sirviente y el arponero de la expedición, es hecho prisionero a bordo del submarino Nautilus.

Peripecias: son los acontecimientos provocados por el elemento perturbador y que acarrean la o las acciones que el héroe lleva a cabo para resolver el problema.

- Durante diez meses, los tres hombres van a surcar los mares del globo terráqueo, a descubrir las maravillas del fondo marino (ostras gigantes, ciudad sumergida, etc.), pero también a enfrentarse a sus peligros (combate con pulpos gigantes, ataque de un navío, etc.) bajo la égida del misterioso capitán Nemo.

Desenlace: pone fin a las peripecias y conduce a la situación final.

- Cuando se acercan al Maelstrôm noruego, los tres compañeros huyen en un bote que se estrella contra una roca.

Situación final: es el final del relato; la situación vuelve a ser estable, como la situación inicial, pero ha sufrido transformaciones.

- Salen sanos y salvos, pero el Nautilus ha desaparecido.

UNA NOVELA DE AVENTURAS

El género literario de la novela de aventuras, al que pertenece *Veinte mil leguas de viaje submarino*, nace en la segunda mitad del siglo XIX, bajo el impulso de novelas tales como *Robinson Crusoe* de Daniel Defoe (1719). La producción estas obras se centra principalmente en Inglaterra, con autores como Joseph Conrad (*Lord Jim*, 1900) o Robert Louis Stevenson (*La isla del tesoro*, 1883), y en Francia, con Alejandro Dumas padre (*Los tres mosqueteros*, 1844; *El conde de Montecristo*, 1845) o Julio Verne. Se trata de una literatura popular, que suele aparecer en formato folletín en los periódicos y que busca sobre todo la distracción y la evasión del lector.

La novela de aventuras cuenta con las características siguientes, que también encontramos en la obra estudiada aquí:

- pone en escena numerosas y rocambolescas peripecias. Podemos citar, a modo de ejemplos, los múltiples obstáculos que tienen que afrontar los pasajeros del Nautilus: icebergs, animales submarinos, ataque de un navío, etc.;

- el suspense se mantiene continuamente para suscitar interés en el lector gracias a un gran número de giros, lo que a veces hace que no se tenga muy en cuenta la verosimilitud. Por ejemplo, en la última parte del relato, la tripulación debe combatir una invasión de pulpos gigantes que se han introducido en el submarino;
- hace referencia a una realidad exótica. Se describe el fondo marino con precisión y el ambiente creado por Julio Verne roza lo fantástico (ciudad sumergida, monstruos de grandes dimensiones, etc.);
- en ella encontramos personajes arquetípicos a menudo superficiales en el plano psicológico. Nemo permanece impasible a lo largo de toda la novela, sin dejar de discurrir sobre su próxima venganza; Ned Land se resume a su fuerza física, y Conseil se entrega a su señor de principio a fin, hasta el punto de seguirlo en todas sus desventuras;
- representa un mundo maniqueo. Distinguimos claramente una oposición entre buenos y malos. Nemo, dulce y cortés, puede mostrarse violento, pero adivinamos que se venga de una injusticia pasada. Aronnax y sus compañeros, aunque hechos prisioneros, le están agradecidos por lo que descubren y son solidarios. Los monstruos marinos y el navío que ataca al Nautilus se perciben como agresores;
- para terminar, primero está destinada principalmente a un público adolescente. El mundo maniqueo de las novelas de aventuras explica quizá que la mayoría de lectores del género sean jóvenes: se ven seducidos por la intrépida iniciativa de Nemo y pueden identificarse con Ned Land,

por ejemplo, que, con su valentía y su fuerza, saca a los demás personajes de situaciones críticas.

Veinte mil leguas de viaje submarino recoge así la definición dada por R. L. Stevenson sobre la novela de aventuras: «Una escenificación del sueño de cualquier niño».

¡Su opinión nos interesa!
¡Deje un comentario en la página web de su librería en línea,
y comparta sus favoritos en las redes sociales!

PARA IR MÁS ALLÁ

EDICIÓN DE REFERENCIA

- Verne, Julio. 2014. *Veinte mil leguas de viaje submarino*. Traducido por Vicente Guimerá. Alcoy: Ediciones Mr. Clip.

EN RESUMENEXPRESS.COM

- Guía de lectura de *Dos años de vacaciones* de Julio Verne.
- Guía de lectura de *El castillo de los Cárpatos* de Julio Verne.
- Guía de lectura de *La vuelta al mundo en 80 días* de Julio Verne.
- Guía de lectura de *Viaje al centro de la Tierra* de Julio Verne.
- Guía de lectura de *Miguel Strogoff* de Julio Verne.